9 Décembre 1903.

COLLECTION

DE

Mʳ V. E. BLAT

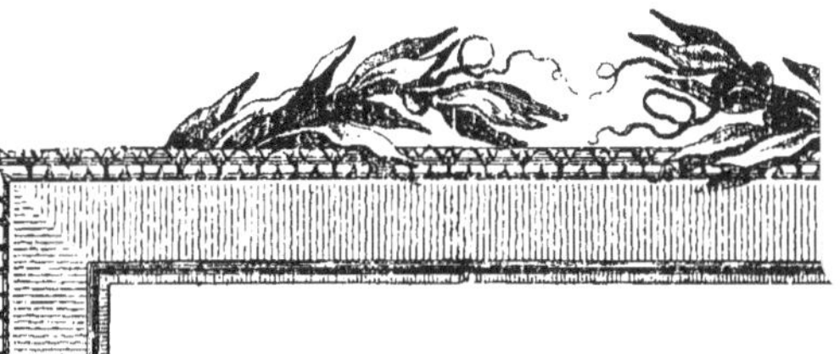

BELLES ESTAMPES

EN COULEURS

FRANÇAISES et ANGLAISES

DU

XVIIIᵉ SIÈCLE

DÉCEMBRE 1903

ESTAMPES

DU

XVIIIᵉ SIÈCLE

CATALOGUE

DE

BELLES ESTAMPES

Des Écoles

FRANÇAISE ET ANGLAISE DU XVIIIe SIÈCLE

Principalement en Couleurs

COMPOSANT LA

COLLECTION DE Mr V. E. BLAT

ET D'AUTRES

APPARTENANT A DIVERS

DONT LA VENTE AUX ENCHÈRES PUBLIQUES AURA LIEU

HOTEL DES COMMISSAIRES-PRISEURS, Rue Drouot, Salle N° 7

LE MERCREDI 9 DÉCEMBRE 1903

à 3 heures précises

COMMISSAIRE-PRISEUR

Me MAURICE DELESTRE, 5, rue Saint-Georges

EXPERTS

MM. PAULME & B. LASQUIN FILS

10, rue Chauchat — 12, rue Laffitte

Téléph. 259-63 — Téléph. 317-74

EXPOSITION PUBLIQUE

Le Mardi 8 Décembre 1903, de 1 heure 1/2 à 5 heures 1/2

CONDITIONS DE LA VENTE

Elle sera faite au comptant.

Les acquéreurs paieront *dix pour cent* en sus des prix d'adjudication.

Les expositions particulières et publique mettant le public à même de se rendre compte de l'état et de la nature des pièces, aucune réclamation ne sera admise une fois l'adjudication prononcée.

Les experts se réservent la faculté de diviser ou de rassembler les lots, et rempliront, aux conditions d'usage, les commissions que voudraient leur confier les amateurs.

N. B. — *Toutes les Estampes sont encadrées dans des cadres anciens, sauf indication contraire dans la désignation.*

EXPOSITIONS PARTICULIÈRES : les Vendredi 4, Samedi 5, et Lundi 7 Décembre 1903, chez MM. B. LASQUIN FILS, 12, rue Laffitte, de neuf heures à midi et de deux heures à cinq heures.

EXPOSITION PUBLIQUE : à l'Hôtel Drouot, salle n° 7, le Mardi 8 Décembre, de une heure et demie à cinq heures et demie.

Paris. — Imp. de l'Art, E. MOREAU et Cⁱᵉ, 41, rue de la Victoire.

DÉSIGNATION

ALIX (P.-M.)

1 — Helvétius.

Beau portrait de la suite des Hommes célèbres.

Superbe épreuve, imprimée en couleurs, avant toutes lettres ; seulement sous l'ovale, en bas au milieu, l'inscription à la pointe : Gravé par P.-M. Alix. 1793. — Toute marge.

BEAUDOUIN (D'après P.-A.)

2 — Le Coucher de la Mariée.

Estampe gravée à l'eau-forte, par J.-M. Moreau le jeune et terminée au burin, par Simonet. (Em. Bocher, n° 16.)

Très belle et rare épreuve, avant toutes lettres, seulement les armes au milieu de la marge inférieure.

B^z. (J.-J. de)

3. — La Promenade du Jardin Turc.

(Boulevard du Temple, à Paris).

Estampe des plus intéressantes au point de vue des mœurs et des costumes parisiens à la fin du xviiⁱᵉ siècle, gravée par Jazet, neveu de Debucourt à qui on a longtemps attribué, sans fondement du reste, la paternité de l'original.

Magnifique épreuve imprimée en couleurs de la plus grande fraîcheur. Très grande marge. Rare en cet état.

BOILLY (D'après L.)

4 — On la tire aujourd'hui.

Estampe gravée par S. Tresca.

Très belle épreuve imprimée en couleurs avec marge. Rare.

BOILLY (D'après L.)

5. — Le Sommeil trompeur.

Estampe gravée par Wolff.

Superbe et rare épreuve imprimée en couleurs. Marge.

BOILLY (D'après L.)

— Le Réveil prémédité.

Estampe gravée par Wolff.

Très belle épreuve imprimée en couleurs. Rare.

BOUCHER (D'après F.)

— Tête de Flore.

Estampe gravée en imitation du pastel par L. Bonnet.
Ce portrait, qui serait, dit-on, celui de la marquise de
Pompadour, est plus certainement celui d'une des filles
de Boucher : Mme Beaudouin ou Mme Deshayes.

*Superbe épreuve d'une grande fraîcheur donnant
l'illusion du Pastel. Très rare*

CHALLE (D'après)

8 — L'Amant surpris.

Estampe gravée par Descourtis.

Très belle épreuve imprimée en couleurs. Marge.

DARCIS

9 — LE TRENTE-ET-UN OU LA MAISON DE PRÊT SUR NANTISSEMENT.

Estampe curieuse sur les mœurs, d'après Guérain.

Très belle épreuve en couleurs. Marge. Rare.

DAVESNE (D'après)

10 — LES CERISES.

11 — LES PRUNES.

Deux estampes, faisant pendants, gravées par Vidal.

Superbes épreuves, imprimées en couleurs, avec grande marge en bel état de conservation. Rares.

DEBUCOURT (P.-L.)

12 — LES DEUX BAISERS, 1786.

Estampe célèbre du maître d'après son tableau exposé au Salon de 1785, sous le titre : « La feinte caresse ». (Œuvre gravé de Debucourt, par M. M. Fenaille, n° 7.)

Superbe épreuve, imprimée en couleurs, avec belle marge. Très rare.

DEBUCOURT (P.-L.)

13 — LE MENUET DE LA MARIÉE.

14 — LA NOCE AU CHATEAU.

Deux estampes faisant pendants. (M. F., n⁰⁵ 8-21.)

*Très belles épreuves, imprimées en couleurs, malheu-
reusement sans marge; mais remontées sur de fausses
marges avec la lettre gravée. Rares.*

DEBUCOURT (P.-L.)

15 — PROMENADE DE LA GALLERIE DU PALAIS-ROYAL.
— The Palais-Royal-Gallery's walk, 1787. (M. F.,
n⁰ 11.)

Ainsi que le dit le *Mercure de France*, en annonçant
son apparition, cette estampe, du genre grotesque, a du
piquant et de l'originalité. Les figures en sont nom-
breuses, variées et divertissantes.

Superbe épreuve, imprimée en couleurs. Marge. Rare.

DEBUCOURT (P.-L.)

16 — Promenade du Jardin du Palais-Royal. — The Palais-Royal Garden-Walk.

Estampe que nous plaçons ici par tradition sous le nom de Debucourt, bien qu'il est certain que cette pièce, faisant pendant par les dimensions à *la Promenade de la Galerie du Palais-Royal*, a été gravée par Le Cœur, d'après un dessin de Desrais, qui figurait dans le cabinet de M. Destailleurs. (Voir M. Fenaille.)

Superbe épreuve, imprimée en couleurs, d'une grande fraîcheur de coloris, en bel état de conservation. Belle marge. Rare de cette qualité.

DEBUCOURT (P.-L.)

17 — L'Escalade ou les Adieux du Matin.

18 — Heur et Malheur ou la Cruche cassée.

Deux estampes faisant pendants. (M. F., nᵒˢ 12-13.)

Belles épreuves, imprimées en couleurs, de deux des pièces les plus estimées du maître. Marge. Rares.

DEBUCOURT (P.-L.)

19 — Le Compliment ou la Matinée du Jour de
l'An.

20 — Les Bouquets ou la Fête de Grand'Maman.

Deux estampes faisant pendants. (M. F., n°s 15-16.)

Très belles épreuves, imprimées en couleurs, malheureusement coupées à l'ovale et montées en dessins.

DEBUCOURT (P.-L.)

21 — Annette et Lubin.

Estampe, dont le sujet est tiré de la comédie de
Mme Favart, portant le même titre. (M. F., n° 22.)

Très belle épreuve, imprimée en couleurs. Marge.

DEBUCOURT (P.-L.)

22 — La Rose mal défendue.

Cette estampe et la suivante, *la Croisée*, paraissent
être les premières planches d'un genre de gravure imaginé par Debucourt. (M. F., n° 27.)

*Superbe et rare épreuve, imprimée en couleurs à la
poupée, remmargée.*

DEBUCOURT (P.-L.)

23 — LA CROISÉE.

Cette estampe comme la précédente, *la Rose mal dé-fendue*, est gravée à l'aquatinte à gros grains, rehaus-sée d'un travail d'eau-forte et de roulette. Procédé inventé par l'Auteur. (M. F., n° 28.)

Superbe et très rare épreuve, imprimée en couleurs à la poupée. L'estampe est très fraîche et a une belle marge. Rare en cette condition.

DEBUCOURT (P.-L.)

24 — QUE VAS-TU FAIRE ?

25 — QU'AS-TU FAIT !

Deux estampes ovales faisant pendants. (M. F., n°s 31-32.)

Très belles épreuves de ces deux pièces rares et recherchées. Sans marge.

DEBUCOURT (P.-L.)

26 — LA PROMENADE PUBLIQUE, 1792.

Pièce capitale du maître. (M. F., n° 33.)

Superbe et très fraiche épreuve, imprimée en couleurs. Grande marge laissant apparents les quatre points de repère. Rare.

DEBUCOURT (P.-L.)

27 — IL EST PRIS.

Estampe gravée par un procédé nouveau inventé par le maître. (M. F., n° 34.)

Superbe épreuve, imprimée en couleurs, avec marge.

DEBUCOURT (P.-L.)

28 — LES PLAISIRS PATERNELS, dédiés aux Bons-Papa *(sic)*.

Première estampe portant le nom de Rolland, l'éditeur des plus belles pièces de Debucourt, d'après C. Vernet. (M. F., n° 63.)

Magnifique et très rare épreuve avant toutes lettres, de la plus grande fraicheur. Petite marge.

DEBUCOURT (P.-L.)

29 — LES VISITES.

Estampe publiée le premier jour du XIXe siècle.
(M. F., n° 65.)

*Très belle et fraîche épreuve en couleurs. Grande
marge.*

DEBUCOURT (P.-L.)

30 — L'ORANGE OU LE MODERNE JUGEMENT DE PARIS.

Estampe faisant pendant à la précédente. (M. F., n° 66.)

*Très belle et fraîche épreuve en couleurs. Grande
marge.*

DEBUCOURT (P.-L.)

31 — LES COURSES DU MATIN OU LA PORTE D'UN
RICHE.

La plus importante composition de la suite des
Mœurs et Ridicules du jour, et comportant trente-sept
personnages. (M. F., n° 173.)

*Très belle et fraîche épreuve en couleurs. Grande
marge.*

DESCOURTIS (C.-M.)

32 — Frédérique-Louise Wilhelmine, princesse d'Orange.

Charmant portrait en médaillon ovale, d'après Tozelli, sous la direction d'Hentzi.

Superbe épreuve avant toutes lettres. Seulement les noms des artistes tracés à la pointe en bas, sous le trait. L'épreuve a toute sa marge, est très fraîche et dans une condition parfaite. Rare de cette qualité.

DESCOURTIS (C.-M.)

33 — Frédérique-Sophie Wilhelmine, princesse d'Orange.

Beau portrait en médaillon ovale, d'après Hentzi.

Superbe épreuve avant toutes lettres, avant même les noms des artistes tracés à la pointe, imprimée en couleurs. L'épreuve a toute sa marge et dans une condition parfaite. Rare en cet état.

DUGOURE (D'après)

34 — LE LEVER DE LA MARIÉE.

Estampe faisant pendant au *Coucher de la Mariée*, de Beaudouin, gravée par Trière.

Superbe et rare épreuve avant la lettre. Seulement les noms des artistes et les armes. Marge.

HARRIETT (D'après E.-J.)

35 — LE THÉ PARISIEN, suprème bon ton au commencement du XIXᵉ siècle.

Curieuse estampe sur les mœurs, gravée par A. Godefroy.

Très belle épreuve en couleurs. Marge.

HOPPNER (D'après S.)

36 — MRS BENWELL.

Charmant portrait de l'École anglaise, gravé par Ward.

Très belle épreuve en couleurs. Rare.

HUET (D'après J.-B.)

37 — L'AMANT ÉCOUTÉ.

38 — L'ÉVENTAIL CASSÉ.

Deux estampes faisant pendants, gravées par Bonnet.

Très belles épreuves, imprimées en couleurs. Marge.

JANINET (F.)

39 — MADEMOISELLE DU T..... (DUTHÉ).

Charmant portrait de femme. Assise devant sa table de toilette, dont le miroir la reflète de profil, elle tient des roses de la main droite et une lettre de la main gauche. D'après Lemoine.

Superbe épreuve, imprimée en couleurs, d'une grande fraîcheur. L'estampe, découpée à l'ovale, est reportée sur un encadrement équarri, sur lequel sont les noms des artistes, le titre et l'adresse. Cadre de style Louis XVI.

LAWRENCE (D'après Sir Thomas)

40 — Miss Farren.

Charmant et gracieux portrait, gravé par Bartolozzi.

Très belle épreuve en couleurs, avec marge, de cette estampe rare et recherchée.

LAWREINCE (D'après N.)

41 — L'Accident imprévu.

42 — La Sentinelle en défaut.

Deux estampes faisant pendants, gravées par Darcis. (E. B., nos 1-58.)

Très belles épreuves, imprimées en couleurs à la poupée. Marge.

LAWREINCE (D'après N.)

43 — L'Aveu difficile.

Estampe, gravée par Janinet. (Em. Bocher, n° 8.)

Très belle et rare épreuve, imprimée en couleurs. Marge.

LAWREINCE (D'après N.)

44 — LA COMPARAISON.

Estampe, gravée par Janinet. (E. B., n° 12.)

Magnifique et très rare épreuve, imprimée en couleurs avant toutes lettres. Dans le sujet en bas, à droite, on lit seulement, tracées à la pointe, la signature et la date : J. Janinet, 1786. Grande marge.

LAWREINCE (D'après N.)

45 — AH ! QU'ELLE EST HEUREUSE. 1789.

Estampe gravée par le procédé anglais du Mezzotinto ou manière noire, par de Bréa. (E. B., n° 19.)

Superbe épreuve avant la lettre, avec le premier titre, tracé à la pointe, ainsi que les noms des artistes. Dans les états suivants de cette estampe, le titre a été modifié successivement, d'abord : Les Deux Cailles ou la plus heureuse, *et ensuite* les Deux Cages, ou la plus heureuse. *Elle est en couleurs, avec marge. Très rare.*

LAWREINCE (Attribué à N.)

46 — LE COLIN-MAILLARD.

Estampe gravée par Le Cœur. (E. B., n° 1 des pièces attribuées.)

Magnifique et toute première épreuve, imprimée en couleurs. Elle est non seulement avant toutes lettres, mais encore avant les armes, qui, dans les épreuves postérieures, se trouvent au milieu, sous la composition. Cet état, non décrit, est peut-être unique, ou tout au moins rarissime. Marge.

LUCIEN (J.-B.)

47 — LA VENDANGE.

Estampe gravée, d'après Le Guerchin.

Belle épreuve, imprimée en sanguine.

MARIN (L.) (L. BONNET)

48 — THE MILK WOMAN.

Estampe en médaillon ovale sur fond doré, gravée par le procédé inventé par L. Bonnet.

Très belle épreuve, imprimée en couleurs. Marge. Rare.

MARIN (L.) L. Bonnet)

49 — THE CHARMS OF THE MORNING.

Estampe en médaillon ovale, gravée comme la précédente.

Très belle épreuve, imprimée en couleurs, remmargée sur les côtés.

MASQUERIER (D'après)?

50 — THE YOUNG FORTUNE TELLER.

Estampe, gravée par A. Cardon (?).

Superbe épreuve, imprimée en couleurs. Sans marge.

MORLAND (D'après G.)

51 — A TEA-GARDEN.

52 — SAINT-JAMES'S PARK.

Deux pièces faisant pendants, gravées par Soiron.

Superbes épreuves, légèrement rehaussées de ces deux pièces intéressantes par les costumes. Marge.

MORLAND (D'après G.)

53-54 — SUJETS RUSTIQUES.

Deux estampes faisant pendants, gravées par W. Ward (?)

Superbes épreuves, imprimées en couleurs. Sans marge. Rares.

MORLAND (D'après G.)

55-56 — INTÉRIEURS D'ÉTABLE.

Deux estampes faisant pendants, gravées par W. Ward (?).

Superbes épreuves, imprimées en couleurs. Sans marge. Très rares.

MURPHY (J.)

57 — THE SETTLED FAMILY SECURE AND HAPPY.

58 — THE SETTLING FAMILY ATTACKED BY SAVAGES.

Deux estampes faisant pendants, d'après H. Singleton.

Superbes épreuves, imprimées en couleurs, très fraîches de tons. Rares.

PETERS (D'après le Rév. M.)

59 — SOPHIA.

Charmante estampe de l'École anglaise, gravée par
J. Hogg.

*Superbe épreuve, imprimée en bistre, en parfait état
de conservation. Grande marge. Très rare.*

SAINT-AUBIN (D'après Aug. de)

60 — LA JARDINIÈRE.

61 — LA SAVONNEUSE.

Deux estampes faisant pendants, gravées par
A.-S. Ph., Julien et Moret. (E. B., n⁰ˢ 416-417.)

*Superbes épreuves, imprimées en couleurs, de ces
deux gracieuses planches.*

SERGENT (A. F.)

62 — IL EST TROP TARD...

*Superbe épreuve, imprimée en couleurs avec l'adresse
de l'Auteur, rue Mauconseil. Elle a une belle marge et
est très fraîche.*

SMITH (J. R.)

63 — WHAT YOU WILL. — Ce qui vous plaira.

Estampe des plus gracieuses de l'École anglaise du XVIIIe siècle, dessinée et gravée par le maître Smith.

Très belle épreuve, imprimée en couleurs, à la poupée et légèrement rehaussée comme la majeure partie des épreuves tirées en couleurs par ce procédé. Marge. Très rare.

TAUNAY (D'après N.)

64 — LA NOCE DE VILLAGE.

65 — LA FOIRE DE VILLAGE.

66 — LA RIXE.

67 — LE TAMBOURIN.

Suite de quatre estampes, gravées par Descourtis.

Très belles épreuves, imprimées en couleurs, avec la marge du cuivre. Une des quatre, la Noce de Village, a subi quelques réparations.

WARD (W.)

68 — A Young lady encouraging the low comedian.

Charmante estampe de l'École anglaise, d'après J. Northcote.

Magnifique épreuve, imprimée en couleurs, de la plus grande fraîcheur et d'une parfaite conservation. Grande marge. Très rare en cet état.

WARD (W.)

69 — Morning; the fisherman's departure.

70 — Evening; the fisherman's return.

Deux pièces faisant pendants, d'après Corbould.

Très belles épreuves, imprimées en couleurs. Marge.

YOUNG

71 — The Gipsy fortune teller.

72 — The Show.

Deux estampes gracieuses de l'École anglaise faisant pendants, d'après W. Beechy et J. Hoppner.

Superbes épreuves, imprimées en couleurs. Marge. Rares.

ÉCOLE ANGLAISE

73 — PORTRAIT DE LADY DUDGEON.

En pied dans un fond de paysage, d'après H. Raeburn.

Très belle épreuve en couleurs.

ÉCOLE ANGLAISE

74 — PORTRAIT DE Mᶜ LAUZUN.

Gravure en fac-simile, d'après Reynolds.

Très belle épreuve en couleurs.

ESTAMPES APPARTENANT A DIVERS

BEAUDOIN (D'après P. A.)

75 — MARTON.

> Je vends des bouquets
> Des jolis bouquets
> Ils sont tous frais, etc., etc.

Estampe gravée par N. Ponce. (Em. Bocher, n° 31.)

Superbe et rare épreuve du premier état, avant toutes lettres, seulement les noms des artistes tracés à la pointe, ainsi que la date 1775 au milieu du trait carré en bas, qui est effacée dans l'état suivant. Marge.

BEAUDOUIN (D'après P. A.)

76 — PERRETTE.

> Voilà, voilà, la petite laitière,
> Qui veut acheter de son lait?
> L'autre jour avec Colinet, etc., etc.

Estampe gravée par H. Gutenberg, pendant de la précédente. (E. B., n° 36.)

Superbe et rare épreuve avec le nom de Baudouin gravé à gauche en bas, et celui de H. Gutenberg tracé à la pointe sèche, à droite. Sans aucune autre lettre. Marge.

DUTAILLY (D'après)

77 — LE COLIN-MAILLARD.

78 — LE CONCERT.

Deux charmantes petites estampes in-8° en travers, de forme ovale, faisant pendants, gravées par Guyot.

Superbes épreuves, imprimées en couleurs avec marge. Rares.

FRAGONARD (D'après H.)

79 — LE CALENDRIER DES VIEILLARDS.

Vignette in-4° pour illustrer les Contes de La Fontaine, édition Didot, gravée par Dambrun.

Curieuse épreuve imprimée en couleurs, à la poupée. Très rare. Il n'existe pas de suite complète imprimée en couleurs. Cadre, ainsi que les trois suivants, de style Louis XVI.

FRAGONARD (D'après H.)

80 — JOCONDE. (Scène du lit.)

Vignette in-4° de la même suite et de même tirage, gravée par Dambrun.

FRAGONARD (D'après H.)

81 — LA GAGEURE DES TROIS COMMÈRES.

Vignette in-4° de la même suite et de même tirage, gravée par P. Trière.

FRAGONARD (D'après H.)

82 — LE GASCON PUNI.

Vignette in-4° de la même suite et de même tirage, gravée par L. Halbou.

GABRIELLI

83 — MARIE-ANTOINETTE.

84 — LOUIS XVI.

Deux jolis portraits faisant pendants, en médaillons ovales, sur fond rectangulaire. Au bas : scènes des exécutions. Le portrait de Louis XVI est d'après Boze : celui de Marie-Antoinette d'après S. Gratise. (Iconographie de la reine Marie-Antoinette, par Lord Ronald Gower. N° 148.)

Superbes et rares épreuves, avec les noms à la pointe sèche de ces deux portraits gravés au pointillé et imprimés en couleurs. Marge.

HUET (D'après J.-B.)

85 — L'AMANT COURONNÉ.

Estampe, gravée par A. Patron, publiée chez L. Bonnet.

Superbe épreuve imprimée en couleurs, avec marge. Très rare.

LEBRUN (D'après Mme Vigée)

86 — MARIE-ANTOINETTE, REINE DE FRANCE.

Estampe en médaillon ovale sur encadrement in-4°, avec tablette inférieure aux armes de France, gravée par J.-M. Alix (Lord R. G. N° 3.)

Magnifique et rarissime épreuve avant toutes lettres, imprimée en couleurs. Marge.

MORLAND (D'après G.)

87 — A PARTY-ANGLING.

88 — THE ANGLERS REPAST.

Deux estampes faisant pendants, gravées à la manière noire par Ward et Keating.

Très belles épreuves, rehaussées en couleurs, en très bel état de conservation. Marge. Cadres de style Louis XVI.

SERGENT (A.-F.)

89 — LOUIS XVI, ROI DES FRANÇAIS.

Estampe en médaillon ovale sur encadrement in-4°, avec tablette inférieure simulant un bas-relief en bronze, d'après Drelin (Drolling?). Pendant de l'estampe décrite précédemment, portant le n° 86.

Superbe et rare épreuve, imprimée en couleurs. Marge.

SMITH (J.-R.)

90 — THE FRUIT-BARROW.

Gracieuse estampe de l'École anglaise, d'après H. Walton.

Brillante épreuve avant la lettre (lettres tracées) du premier état. Marge. Très rare.

SMITH (J.-R.)

91 — THE MIRROR. Serena and Flirtilla.

Charmante estampe anglaise en médaillon ovale.

Très belle épreuve, imprimée en couleurs. Marge.

TAUNAY (D'après N.)

92 — FOIRE DE VILLAGE.

93 — NOCE DE VILLAGE.

Deux charmantes petites pièces faisant pendants gravées en réduction in-8° par Descourtis.

Très belles épreuves, avec grandes marges.